生命水
格林童話故事

李宗法

商務印書館

本書選自商務印書館「小學生文庫」《格蘭姆童話》1-4 冊，文字
內容有刪節修訂。

生命水 —— 格林童話故事

譯　　　者：李宗法

責任編輯：洪子平

出　　　版：商務印書館 (香港) 有限公司

　　　　　　香港筲箕灣耀興道 3 號東匯廣場 8 樓

　　　　　　http://www.commercialpress.com.hk

發　　　行：香港聯合書刊物流有限公司

　　　　　　香港新界大埔汀麗路 36 號中華商務印刷大廈 3 字樓

印　　　刷：美雅印刷製本有限公司

　　　　　　九龍觀塘榮業街 6 號海濱工業大廈 4 樓 A

版　　　次：2016 年 9 月第 1 版第 1 次印刷

　　　　　　©2016 商務印書館 (香港) 有限公司

　　　　　　ISBN 978 962 07 0428 4

　　　　　　Printed in Hong Kong

目錄

烏鴉

公主變烏鴉

　　從前有一位王后，她有個還沒有學會走路的小女兒。一天，這孩子哭哭啼啼、吵吵鬧鬧的，王后沒法使她安靜，只得事事順着她，可她還是停不下來。王后有點不耐煩了，看見窗外烏鴉繞着王宮飛來飛去，便打開窗戶，說道：「我真希望你是一隻烏鴉，飛了出去，從此我就清靜了。」她話音剛落，懷裏的小女孩立刻變做一隻烏鴉，飛到外邊去了。這隻烏鴉一直飛，飛進一個幽暗的森林裏，許久都不肯出來，國王和王后

話是不能亂說的。有些話一旦說出口，或會使
人一生追悔莫及！

從此再也打聽不到女兒的消息。

　　一段時間之後，有一個男子在森林裏面行走。他聽見一隻烏鴉正在叫着，便循着聲音找去。當他靠近烏鴉的時候，烏鴉對他說：「我是國王的女兒，現在被施了魔法，失去了本來的樣子，但是你可以使我恢復人身。」男子問道：「我要做些甚麼事情呢？」她答道：「你再向前走，可以看到一間茅屋，裏面住着一個老婦人，她一定會用食物來招待你，但是你一點也不要吃。如果你吃了她的東西，你便會長眠不醒，不能幫助我了。在那間屋子後面的花園裏，有一大堆樹皮，你站在那堆樹皮上等我。下午兩點鐘的時候，我會坐馬車到那裏去，一連去三天。第一天用四匹白馬拉

車，第二天是四匹胭脂馬，第三天是四匹黑馬。如果我到了那裏，你正好睡着，我便不能恢復自由了。」

男子答應依照她所交代的去做，但是那烏鴉說：「唉！我現在已經知道你一定會吃那個老婦人給你的東西，不能救我了。」男子聽了烏鴉這話，肯定地告訴她，他絕不吃老婦人的任何東西。

不久之後，這男子找到了那間茅屋。他一走進去，老婦人便出來招呼他，說道：「你看上去多麼疲倦呀！進來休息一會，讓我給你一些東西吃吧！」男子答道：「不，我不吃任何東西。」

但是，那婦人沒有離開，緊接着說道：「你不吃東西，那就喝一點酒吧！喝一些酒是不要緊的。」於是他小心地

喝了一些酒。

　　約定的時間就快到了，他走到後園裏，站在那堆樹皮上等候烏鴉到來。忽然，他覺得渾身乏力，便準備躺下去休息一會，並提醒自己不能睡着。可是，他竟然深深地睡着了，全世界的聲音都不能驚醒他。到了兩點鐘，烏鴉坐着四匹白馬拉着的車過來了。只是她還沒有走到那個地方時，便歎着氣說道：「我知道他已經睡着了。」她走到園裏，見他果然躺在樹皮上，睡得很熟。她下車走到他旁邊，叫他，搖他，但是都沒有用，他依然熟睡不醒。

　　第二天正午，那個老婦人又把飲食送過來。男子起初拒絕不吃，後來他受不住引誘，便舉起酒杯喝了一些酒。

將近兩點鐘的時候，他又來到後園，站在那堆樹皮上等候烏鴉到來。不久，他再一次感到非常疲倦，四肢似乎支撐不住，不能再站下去，於是他又躺下來睡着了。當烏鴉用四匹胭脂馬駕車到那裏去的時候，她憂愁地說：「我知道他已經睡着了。」果然，她到達以後看到他又睡着，怎麼叫都叫不醒。

　　第三天，那個老婦人對男子說：「你為甚麼要這樣呢？你不吃不喝，要餓死自己嗎？」他回答道：「我不吃甚麼，也不要喝甚麼。」但是，她把那盤吃的東西和一杯酒放在他面前，他聞着酒香，受不住引誘，把酒喝光了。

　　後來，時候到了，他又照樣走到園子那堆樹皮上等候烏鴉，但是他覺得身

體比前兩天還要疲倦，便倒下來深深的睡去，好像一段木頭一樣。兩點鐘的時候，烏鴉準備出發了，這一次，她的馬和馬伕都是黑色的。

在前去的路上，她比以前更憂愁，悲哀地說：「我知道他已經睡着，不能使我恢復人身了。」果不其然，她到了後看到他昏昏地睡着，用盡方法也不能弄醒他。於是她把一個麵包，一些肉，一瓶酒，放在他的身邊；這些東西，無論他吃多少，總是吃不完的。隨後，她從自己手指上脫下一隻金戒指，戴在他的一隻手指上；戒指上刻着她的名字。最後，她在他身旁放了一封信，裏面詳述了那些食物的特點，最後又寫道：「依我看，你留在這裏，永遠無法使我恢復

自由。但是，如果你仍舊想要幫助我，你可以到士多伯堡那裏去，這是你的能力可以做到的。」於是她回到車裏，驅車到士多伯堡去了。

遇見巨人

男子一覺醒來，知道自己又睡着了，心裏非常難過，自言自語道：「她必然到過這裏又回去了，現在我要救她已經太遲了。」接着，他的眼睛落到他身旁的東西上。他讀了信，知道了發生的事情。他立刻起身，要到士多伯堡去，可是他不知應該向哪個方向走。他找了許久，後來走進一個黑暗森林，不停地走了十四天，卻找不到出路。黑夜來了，他也走得倦了，便躺在一棵矮樹底下睡覺。第二天，他繼續趕路。到了黃昏時分，當他躺下去想休息一會的時候，卻聽見陣陣叫喊聲和哭泣聲，使他難以入睡。天很快就黑了，這時他看見前面有一線光明，便朝着那光線走去。

他看見那道光線是從一間屋裏射出來的，屋前站着一個巨人，屋子和這個巨人一比，似乎小了許多。他心想：「如果這個巨人看見我，我便沒命了。」但是歇了一會兒後，他卻大着膽子，一直向前面那間屋走去。巨人看見了他，叫道：「你來了，真是我的造化！我許久沒吃東西了。我要把你當做晚飯吃。」男子道：「你還是別這樣想吧！如果你要吃，我倒有很多東西，能使你吃得滿意。」巨人說道：「如果你說的是真話，我可以饒了你，我要吃你只是因為肚子餓了沒有東西吃啊！」

於是他們一同走到屋裏坐下來，男子把麵包、肉、酒拿了出來，這是烏鴉留給他吃不盡、喝不完的食物。巨人見

了這些好東西，很是高興，盡情地吃着喝着。當巨人吃飽後，男子問他能不能指點他到士多伯堡去的路。巨人說：「讓我查查地圖看，所有的村、鎮、城市以及房屋，在這張地圖上都有記載。」於是他拿起一堆地圖尋找那個城堡，可是沒有找着。他說：「不要緊，我還有些大地圖放在樓上的櫥櫃裏，我們可以去看看。」於是他們拿着大地圖來查，始終查不到。男子想要繼續趕路，巨人卻請求他多住一兩天，等待他外出尋找食物的哥哥回來。

兩天之後，巨人的哥哥回來了，他們問他士多伯堡在哪裏，他說等他吃過東西，再在他自己的地圖上找。他吃過晚飯後，大家一同到他的臥室去查他的

地圖，起初找不到，不過當他們拿出更舊的地圖來，終於找到了。可是，這個城堡離這裏竟然有幾千里遠。男子問道：「我該怎麼去啊？」巨人說：「我可以花兩個鐘頭的時間把你帶到城堡附近，然後就回來照看我的孩子。」

士多伯堡救公主

　　巨人把男子帶到離士多伯堡約有三百里的地方，然後把他放下，說道：「你可以往那個方向去了。」說完就轉身離開。男子馬不停蹄地趕路，終於來到士多伯堡。那個城堡是築在一座玻璃山上的，他在山腳下，看見那位被施了魔法的美麗女子駕車繞着城堡的四周轉，然後跑進城堡裏去了。他看見她，高興得不得了，想馬上到山上去，但是玻璃滑得很，每次爬上去都會跌下來。他眼見沒有辦法來到公主的身邊，很是無奈，自言自語道：「我要住在這裏等她。」於是，他築了一間小屋，在裏面整整守候了一年，每天都可以看到公主駕着車繞着城堡跑，可他就是不能來到她的身邊。

一天，男子從屋裏望向外邊，看見三個強盜正在打架，他對他們喊道：「上帝與你們同在！」他們聽見喊聲，停下來卻看不見人影，便繼續打架。男子又喊道：「上帝與你們同在！」他們又停下來，往周圍一看，還是看不見人，所以再次打起來。男子只好第三次喊道：「上帝與你們同在！」隨後，他想到最好知道他們三人究竟為了甚麼打架，就走過去詢問他們。一個強盜說他得到一根手杖，無論遇着甚麼門，只須用手杖在門上一點，門便會自己打開。另一個強盜告訴他，他得到一件衣服，只要披在身上，就可以立刻隱身不見。第三個強盜告訴他，他得到一匹馬，騎上去可以穿過各種有障礙的東西，就是這個玻璃山

也可以上得去。現在的問題是，他們不能決定把這些東西公用，還是每個人各要一件。

男子聽後，便說：「我想拿一些東西來換你們那三件東西，不過我給的不是錢，而是一些比錢還要有價值的東西。但是，我先要試一試你們所說的那三件東西，究竟是不是真的才行。」於是，一個強盜幫他騎到馬上，一個強盜把手杖交給他，另一個強盜給他披上隱身衣。那男子立刻隱身不見了，他用那根手杖狠狠地打他們，喊道：「你們這些壞人真是活該，現在你們該滿意了吧！」

他打完三個強盜，就騎馬跑上玻璃山。他來到城堡門口時，發現門是關着的，他用手杖一敲，門立刻打開，他就

走了進去。踏上樓梯，一直走到一間房裏，看到公主正坐在裏面，面前擺着一個斟滿了酒的金杯。因為他身上穿着那件隱身衣，公主看不見他。男子把她給他的戒指脱下來，投到杯裏，發出了「叮咚」的聲音。她詫異地説：「這是我的戒指，恐怕那個來救我的人已經來到這裏了。」

她到處去找他，但是找來找去總是找不着。這時候，男子已經回到城堡外邊，他騎上馬，脱去了隱身衣，以便公主能看見他。公主終於找到城堡外邊來，一眼就看見他，高興得叫了起來。男子下馬把公主摟到懷裏，她一邊吻他一邊説：「現在，你終於使我恢復了自由。明天我們就舉行婚禮吧！」

佛來慈和他的朋友

交了三個好朋友

老實的佛來慈一輩子都勤儉地工作，但是惡運還是降臨在他身上：他的牛死了，倉房燒掉了，錢財也快要散光。所以他對自己說：「在還沒有用完這些錢以前，我該買些貨，到外邊走走，看能不能交到好運，補償以前的損失。」

佛來慈第一次去的地方，是一個村莊，村中有許多小孩子在東奔西跑，大聲叫喊着。他好奇地問：「這是怎麼一回事呢？」他們答道：「看呀！我們捉到一隻老鼠，正要教牠跳舞給我們看。

你看牠活蹦亂跳的，樣子多麼滑稽可笑呀！」佛來慈很同情這隻小老鼠，説道：「放掉這隻可憐的小老鼠吧，我給你們錢。」於是他給了小孩們一些錢，把老鼠放走。老鼠立刻逃到附近的一個洞裏，他們要捉也捉不到牠了。

佛來慈繼續趕路，來到第二個村莊。那裏有幾個男孩強迫一隻驢子用後腳站起來翻跟斗和跳舞。他們一邊笑一邊大聲喊叫，不讓那隻可憐的畜牲休息。於是，佛來慈這個老好人又給他們一些錢，把驢子放了。後來，他又來到第三個村莊，有幾個少年正圍着一隻熊，教牠跳舞，把牠折磨得很狼狽。同樣，他給幾個少年一些錢，把那隻熊放了。能夠用回四隻腳走路，熊似乎很開心呢。

活蹦亂跳：蹦：兩腳併着跳。指精力過盛，漫無目

的、胡亂地蹦跳。

「借」錢被關，朋友來救

就這樣，佛來慈把剩下的錢通通用光，口袋變得空空如也。他對自己說：「據說國王有許多金子放在寶箱裏，一直沒有拿出來用。我可不想就這樣白白地餓死，不如向他借一點錢，等日後有錢了再還給他。」

後來，佛來慈想方設法進入國王收藏寶箱的房間，打開箱子，拿了一些金子出來。當他離開時，剛好被衛兵看見。他們認為佛來慈是賊，便把他帶到審判官面前。老實人佛來慈照實交代後，審判官說這種借錢方法是不容許的，凡是擅自拿走別人錢財的人，一定要受到懲罰。結果佛來慈被判有罪，他被關進一個箱子裏，而這個箱隨後被人拋到一座

大湖上。幸運的是，有人為他在箱子裏放了一瓶水和一塊麵包，使他不至餓死；在那個箱子的蓋子上，還有許多小洞，使他可以呼吸到新鮮空氣。

當那箱子浮在水面的時候，佛來慈聽到有東西正在咬箱子的鎖。忽然間，鎖脫落了，箱子的蓋被打開，小老鼠就站在箱蓋上，原來牠咬爛了鎖把佛來慈放出來！接着，熊和驢子也趕來了，牠們齊心協力把箱子拉到岸上。佛來慈高興極了，就因為他曾經救過牠們，現在牠們都來救他了！

空空如也：指甚麼都沒有了。

　　一個好漢三個幫。一個人的力量是有限的，只

有團結起來，才能做到許多一個人做不到的事情。

得到一塊魔法石

　　但是，他們不知道接下來該怎麼辦，大家都在埋頭想着。忽然，一片浪花撲過來，把一塊像鴨卵一般的白色石頭打到岸上。熊驚奇地說：「這可是一件寶物啊！誰拿到這塊奇石，心裏想要甚麼，就能夠得到甚麼。」於是佛來慈走過去拾起那塊石頭，心想如果他有一座王宮，一個花園、和一羣馬該多好啊！他這樣一想，那些東西立刻神奇地出現在他們面前。於是，他住進了王宮和花園，宮裏車馬成羣，一切都是那樣宏偉而美麗，令他驚歎不已。

　　過了些時候，一羣商人從這裏經過。他們說：「看啊，那座王宮多麼輝煌！可我們上次經過這裏時，只是一片

荒地，一點東西都沒有，這究竟是怎麼回事呢？」他們都很想知道，便走進王宮問佛來慈。佛來慈老老實實地回答說：「我自己一點力都沒有出，都是這塊奇石為我創造的。」說完還把石頭遞給商人們看。

商人們反反覆覆看了很久，提出用他們所有貨品來跟佛來慈交換這塊石頭。佛來慈看見那批貨物確實值錢，竟一時忘了那塊石頭的魔力，能夠瞬間給他比這些貨物更值錢的東西，便答應下來。可是，那塊石頭一脫離他的手，他眼前的一切突然都消失了。可憐的佛來慈眼睜睜地看着自己又回到水中的箱子裏，旁邊放着一瓶水和一塊麵包。

他的朋友們，老鼠、驢子和熊，都

很快地跑來幫他。但是這一次，老鼠咬不開那把鎖，因為它比先前的那把堅固許多。熊出主意說：「我們應該前去尋找那塊奇石，否則我們所做的事情，都不會有好結果。」

失而復得的魔法石

這時候，商人們已經住進王宮裏。當佛來慈的三個朋友走近王宮時，熊對老鼠説：「你進王宮後，從門上的鑰匙眼望進去，看看石頭放在甚麼地方。你的身體小，沒人會注意到你的。」於是老鼠進去了，不久之後回來説：「不好了！我往裏面一看，見到那塊石頭被一條紅絲線綁住，吊在一面鏡子底下，鏡子兩旁坐着兩隻惡狠狠的黑貓，正在目不轉睛地看守着。」

牠們商量了一會兒，決定讓老鼠再回去，等王宮的主人睡着了，就咬他的鼻子，拉他的頭髮。老鼠依計行事，王宮的主人大怒，跳起身，摸着自己的鼻子，叫道：「那幾隻壞貓簡直毫無用處！

牠們竟然放縱老鼠來咬我的鼻子，拉我的頭髮！」他說完之後，立即把兩隻貓扔到窗外去。

第二天晚上，主人睡着了，老鼠又溜進房間。這時房裏已經沒有貓，於是牠咬斷那條絲線，使奇石掉下來。牠推着奇石往外走，一直推到大門口。到了那裏，牠已經疲倦得不得了，便對守在門口的驢子說：「你伸一隻腳進來，把它推到門檻外邊去吧！」驢子把奇石推過了門檻，然後牠們一起把石頭帶到湖邊。驢子說：「我們怎樣把它放到箱子旁邊呢？」熊輕鬆地說：「這還不容易嗎？我游水游得很好，驢呀，你用嘴小心地叼着那塊石頭，把腳擱在我的肩膊上，緊緊摟住我。老鼠，你就躲在我的

耳朵裏吧！」

　　大家商量好了，便游水過去。游着游着，熊開始誇口說道：「我們真是太勇敢了！驢子，你說呢？」但是，驢子一句話也不說，熊有點不高興地說：「你為甚麼不回答我呢？別人跟你說話，你不回答，這是很不禮貌的！」驢子一聽急了，剛張開口想說話，石頭就「咚」的一聲落進水裏。驢子憤怒地說：「難道你不知道我嘴裏叨着那塊石頭，不能說話嗎？現在石頭掉了，我們該怎麼辦呀！」熊說：「別吵了！讓我們想想有甚麼辦法吧。」

　　牠們緊急地開會討論，一致決定招集所有蛤蟆，包括牠們的妻子、家人、族人和朋友，然後對牠們說：「現在，

有一個大壞蛋正在趕來要吃掉你們。不
過你們不用驚慌，快去搬許多石頭來，
我們可以幫你們築一座堅固的城堡來保
護你們。」蛤蟆們聽到這些話，大驚失
色，立刻散開去工作，把牠們所能找到
的石頭全都搬過來。最後，一隻碩大的
哈蟆搬來了那塊用絲線縛住的奇石。牠
們三個見了，高興得跳起來，說：「我
們要找的東西出現了！」於是牠們叫老
哈蟆放下奇石，並轉告牠的朋友們危機
已經解除，可以回去休息了。

隨後，牠們三個又像剛才那樣游到
箱子旁邊。當牠們用石頭打開箱蓋時，
發現來得正是時候。因為那塊麵包已被
吃完，那瓶水也一滴都不剩。老實的佛
來慈得救了，他重新擁有這塊奇石。這

時候，他心裏想着再次回到王宮裏。果然，王宮、花園、馬房和馬匹再一次都是他的了。他那三個好朋友也跟他住在一起，一輩子過着快樂的日子。

佛來慈的善心，終於得到回報。這是他應得的，因為好人是應該得到好報的啊！

目不轉睛：指眼珠子一動不動地盯着看。

熊皮人

窮士兵變身「熊皮人」

　　從前有一個少年，當了士兵。他作戰非常勇猛，時常在槍林彈雨之中衝鋒陷陣，幸好一直平安無事。戰爭結束後，他所在的部隊被解散了，隊長叫他們自尋出路。可憐這個士兵的父母親早已過世，他已經沒有家可以回去。他雖然還有幾個哥哥，但是當他去投靠他們，求他們給他吃住，直到他可以再次入伍的時候，哥哥們全都狠心地拒絕了。他們還說：「我們要你來做甚麼呢？你對我們沒有任何用處。你應該努力去創造自

己的新生活呀！」士兵無奈之下，只好
扛着他的槍——他僅有的一件東西，去
周遊世界了。

　　不久，他來到一片開闊的草地上，
那裏一點東西也沒有，只有山上的樹木
像打着轉似的往上生長着。士兵走得有
點累了，便坐在一棵樹底下休息。他還
沉浸在悲傷之中，思索着自己苦難的命
運。他悲觀地自言自語：「我沒有錢，
除了打仗甚麼事情都不會做。現在戰事
結束了，我又被遣散，無家可歸。難道
我只有餓死的份兒嗎？」忽然間，彷彿
一陣風颳過，他抬頭一看，只見面前站
着一個陌生人，披着綠色的袍子。他神
情嚴肅地對士兵說：「你不必把你的遭
遇告訴我，我老早就知道了。事實上我

已經預備了一筆財富要送給你，你可以隨意使用。我只有一個條件，就是你必須要做一個天不怕地不怕的勇士，因為我不願意把金錢虛耗在一個懦夫身上。」

士兵答道：「你可曾見過士兵和恐懼走在一起呢？你若對我沒信心，就來考驗一下我吧。」綠衣人答道：「好！你轉身看看。」士兵轉身一看，只見一隻大熊，正在咆哮着從他後面跑過來。士兵叫道：「唉喲！讓我替你搔搔鼻子吧，這樣你便不會咆哮作聲了！」他說着，舉槍瞄準了那隻熊，一槍射入熊的鼻子裏面，那熊立即翻身倒地，不能動彈。綠衣人說：「看來你的確很勇敢，但我還有一個條件要你答應。」士兵回答說：「無論甚麼事，只要不危害我的生命，我

一定答應。」綠衣人道：「你在今後的七年裏，不得洗澡、剃鬚、梳髮或剪指甲，連一句祈禱的話都不能説。我給你一件袍，你必須永遠穿着。如果不到七年期限你就死了，那麼你就是我的所有品；假使七年期滿你還活着，你便恢復自由，並且以後還能成為一個富有的人。」

士兵想到現在的窮苦，以及打仗時屢次幾乎死去的情形，便答應下來。綠衣人把他的長袍脱下，遞給士兵，説：「你穿上這袍，只要把手伸到袋裏，便會發現滿袋裝着金錢。」接着，他走過去把死熊的皮剝下來，説道：「這張皮，可算是你的外套和牀。你只許睡在這張熊皮上，不能再睡別的牀。你起身後就要把皮披在身上當外套，一直不能脱下

來。以後你就叫熊皮人吧！」那人說完這些話，便消失了。士兵披上那件綠袍，伸手到袋裏，發現裏面果然裝滿了金子。接着他又披上那張熊皮，便到各處旅行去了。

虛耗：白白地消耗、浪費。

遇見未婚妻

　　第一年，他的樣子勉強還可以看。但到了第二年，他便形同妖怪，再也不像人類了。他的臉差不多完全被毛髮遮蓋，他的皮膚如同一塊粗糙的獸皮，手指上生着很長的指甲。單是他臉上的泥垢，如果收集起來，就可以栽種蔬菜。無論甚麼人見了他，都會避開他。但是，他還是很容易地找到棲身之所，因為無論他走到哪裏，總會把大量金錢散給那些窮人，再求他們替他祈禱。別人幫他辦了事，他都會給予豐厚的報酬。

　　到了第四年，他旅行到了某地，晚上去一家客棧住宿。客棧主人不許他進門，連馬房也不讓他去睡，怕他的樣子驚嚇到那些馬。但是，當熊皮人把手

插到袋中，滿握着一把金錢伸出來給他時，客棧主人又改變了主意，讓他住進屋後的一間房，但是要求他一直待在房裏，不能在外面露面。他很擔心熊皮人會使客棧的聲譽受到影響。

當晚，熊皮人獨自待着，突然聽見隔壁房間有人在不停地唉聲歎氣。他克制不住自己的好奇心，悄悄走到隔壁房間門口，推開了門。只見一個面容愁苦的老人，正在低着頭，時不時地發出幾聲哀歎。老人聽到動靜，抬起頭看到熊皮人，嚇的臉色都變了，起身就要逃走。熊皮人趕緊説：「別怕，我不是熊，是人。」老人聽到這隻熊發出人類的聲音，就停了下來。熊皮人又問：「老人家，請問您有甚麼煩惱的事情嗎？説來聽

聽。」老人便慢慢向熊皮人敘述了自己的遭遇。原來他從前很富有，但不善理財，後來漸漸窮困起來，以致他和三個女兒竟然陷入吃不飽肚子的境地。他們窮得連房租都付不起，實在沒辦法了，只好被房東扣押在這裏不能回家。

熊皮人聽完說：「老人家，你的處境竟然這樣困難，而我這裏恰好有一些錢可以幫助你。」於是他把房東叫來，把老人的債務全部還清，還裝了一大袋金子送到老人手上。老人看見自己的困難竟被這個奇怪的熊皮人輕鬆地解決了，不禁感激涕零，不知要怎樣報答才好。他想了想，對熊皮人說：「我有三個女兒，都極其美貌。你可以隨意挑一個做你的妻子。我想她們知道你的大恩

大德後，必定不會拒絕你的。雖說，你的容貌比一般人奇特了些，但是我想以後總有辦法可以把你裝扮得英俊一些。」熊皮人聽到這個提議，大喜過望，便跟老人回家去了。

老人的大女兒一見到他，害怕得不得了，大叫一聲，立刻跑到屋外去了。二女兒雖然不走，但是她把他從頭到腳打量了一番，然後說道：「我怎麼能嫁給一個不像人類的東西呢？我寧可嫁給前段時間在這裏表演的那個馬戲團裏的熊。當牠穿上一件漂亮的軍服，戴着一雙白色的手套，倒更像一個人呢！」小女兒起身說道：「爸爸，我可以嫁給他。這個人能夠慷慨地替你解決困難，一定是一位好心腸的人。再說你答應過我們

姊妹三人中，任他選擇一個做妻子，這樣的事是不能失約的。」

聽到這話，如果不是熊皮人的臉被髒東西和毛髮遮住，誰都可以輕易看出他高興的神情了。他從手指上脫下一隻戒指，把它掰成了兩半，一半交給三女兒，另一半自己拿着。隨後，他把她的名字寫在自己的半個戒指上，又把他的名字寫在她的半個戒指上，同時求她好好把戒指收藏起來。他做完這一切，便起身告辭。臨行前，他對未婚妻說：「我必須繼續旅行三年，如果三年之後還不見我回來，你便知道我已經死了，那時你忘掉我們的約定吧！不過，我懇求你在這三年裏能為我禱告，祈求上帝延長我的壽命。」

有情人終成眷屬

　　熊皮人走後，那可憐的少女經常穿着黑色的衣服一個人發呆，每次想到她的未婚夫，她的眼眶裏便充滿着淚水。她的兩個姐姐不但不安慰她，還總是對她冷嘲熱諷。大姐說：「你把手交給牠時，必須十分小心，因為牠隨時會摑你一巴掌呢。」二姐說：「你要小心，因為熊最喜歡甜的東西，如果牠覺得你的味道好，可能會把你吃掉啊！」大姐又接着說：「你還要記住不要激怒牠，否則牠咆哮的聲音會刺穿你的耳朵！」另一個也接着說：「不管怎麼說，你們結婚時想想也一定很有趣，因為熊是最會跳舞的啊！」少女默默地聽着這些刺耳的話，卻也從不對她們發怒。

至於熊皮人離開了未婚妻之後，就到處旅行，盡力行善，只要遇到窮人，只要他力所能及，便會主動幫助他們，並把口袋裏的錢分給他們。三年的時間過得很快，轉眼到了七年的最後的一天，熊皮人再次來到七年前遇見綠衣人的那片草地，坐在樹下等着。不久，一陣怪風颳過，先前那個綠衣人又站在他的面前，不過這次他的脾氣很糟糕。他把士兵的舊外套拋給熊皮人，又叫熊皮人把他的袍子還給他。

　　熊皮人說道：「慢着！你必須先把我弄乾淨了再說。」那綠衣人雖不情願，還是用水幫他把身體清洗乾淨，又梳理好頭髮，並耐心地幫他剪去那又臭又髒的長指甲。終於，熊皮人變回了那個既

勇敢又帥氣的士兵，甚至比從前看起來更精神。

於是，士兵告別了綠衣人，高高興興地來到鎮上，買了一件絲絨的外套穿上，又催了一輛馬車，心急如焚地趕到未婚妻那裏。當士兵到達時，自然沒有一個人認得他。老人甚至以為他是一位高貴的官員，畢恭畢敬地將他引到屋內，為他介紹了自己的三個女兒。老人隨後端出美味的食物，把他當作至高無上的貴賓來款待。士兵坐在兩個大女兒中間，她們替他酌酒，而他的未婚妻則坐在他的對面，眼瞼低垂，面色憂鬱，一言不發。

吃過飯後，士兵問那位老人，能不能把其中一個女兒嫁給他。於是大姐、

二姐爭先恐後地跳起來，跑回她們的房裏，換上自己最美麗的衣服。她們兩人都認為自己就是那個被年輕官員看中的人。當客人看見屋裏只剩下他和小女兒兩人時，他就拿出那半個戒指，放到一杯酒裏，遞給小女兒。她接過來喝了一小口，結果看到杯底有半個戒指，嚇了一跳。她趕忙把自己的半個戒指從頸上解下來，跟杯裏的半隻戒指一合，果然合成了一隻。她正困惑不解，只聽見客人說道：「我是你的未婚夫，就是你先前所見的熊皮人啊。承蒙上帝垂憐，我已經恢復了原來的容貌，並且變得更乾淨了。」他說完後，便來到她身邊，擁着她，吻她。

這時候，兩個姐姐經過精心打扮

判斷一個人美不美不能只看外表。外表美固然重要，但心靈的美更為重要；心靈美才是真正的美。

後，走進屋裏。當她們看到客人選擇的竟然是自己的妹妹，又知道他原來是那個被她們百般嘲笑的熊皮人後，兩人心中又怨又悔，一同走到屋外，一個投井自盡，一個在樹上吊死了。

矮樹叢中的猶太人

僕人遇見小老人

一位老實忠厚的僕人，辛辛苦苦地替他的主人做工，卻遇到一個吝嗇的主人，一連三年，沒有發工錢給他。後來，他覺得不能再這樣下去了，便大着膽子對主人說：「我替你做工已經很長時間了，卻拿不到一分一厘的工錢。我已經沒辦法再幹下去了，我相信今天你一定有些東西可以拿來做我的報酬。我一定要得到一些東西，並且還要享受一個假期。」

那個主人實在是一個極吝嗇的人，

知道他的僕人頭腦比較簡單，便拿出三個銀幣給他，一個銀幣算是他一年的工錢。老實的僕人還以為得到了許多錢，自言自語道：「我辛苦了這麼久，現在我算是有錢了，可以到那廣闊的世界裏去開開眼界，自己快活一下。」於是他把錢放到口袋裏，到外面的世界長見識去了。

　　僕人的心情很愉快。他在野外一邊蹦蹦跳跳地走着，一邊輕快地哼唱着。冷不丁的，他的眼前出現一位小個子的老人。小老人問他為甚麼這樣快樂，他說：「當然了，沒有甚麼事情能夠使我傷心。我的身體健康，口袋裏有錢，還怕甚麼呢？我三年的工錢現在都平平安安地放在我的口袋裏呢！」小老人問道：

「你的工錢一共有多少呢？」僕人答道：「三個銀幣。」小老人說：「請你把三個銀幣都給了我吧，我窮得利害！」那僕人看老人很可憐，猶豫了片刻，便把自己所有的錢都給了老人。小老人高興地說：「你有這樣的好心，我可以滿足你三個願望——一個銀幣一個願望，隨你自己喜歡來選擇吧！」

僕人覺得自己真是幸運到了極點，他說：「其實說起來有許多事情，我喜歡的程度都遠遠超過金錢呢。第一件，我要有一把弓，無論甚麼東西，都可以把牠射下來；第二件，我要有一個豎琴，當我彈奏它的時候，無論甚麼人都要不由自主地跳起舞來；第三件，就是當我向任何人要甚麼東西的時候，他們都必

須答應我。」小老人說他可以擁有這三樣東西。說完以後，他把弓和豎琴給了僕人，轉身就走了。

蹦蹦跳跳：形容精力充沛，生氣勃勃的樣子。

冷不丁：也作冷不防，指嚇了一跳。

矮樹叢中跳舞的猶太人

我們那個老實的朋友繼續趕他的路程，比先前更快樂了十倍。他走着走着，又遇到一個年老的猶太人。他的旁邊有一棵大樹，在最高的樹枝上，一隻畫眉鳥正在婉轉地歌唱。猶太人說：「啊，好一隻可愛的鳥兒！我願出大把銀子去買這樣的小鳥。」僕人說：「你說的是真話嗎？我可以馬上幫你把牠射下來。」於是他彎弓搭箭，射了出去，那畫眉鳥跌落在樹底下的一叢矮樹裏。猶太人見自己可以得到那隻小鳥，便鑽到矮樹叢裏去尋找，同時也起了壞心思，想賴掉剛才承諾給僕人的錢。

但是僕人看出了他的意圖，他剛鑽到矮樹叢中，僕人便取出豎琴，開始彈

奏起來。猶太人就跟着舞蹈，一跳一縱，越跳越高。荊棘鈎住了他的衣服，刺破了他的皮膚。到後來，他的衣服通通變成碎布條，掛在他身上。他渾身都被刺傷，流血不止。猶太人大叫道：「啊唷，請看上帝的面子，饒了我吧！請你停止彈奏吧！唉，我做了甚麼事要受這樣的待遇呢！」僕人說道：「你做了甚麼事？你為甚麼要詐取別人的東西呢？這琴聲就是我付給你的報酬。」說完又彈起了豎琴，音調比先前的更好聽。那個猶太人狂跳不已，只好再一次苦苦地哀求僕人。

最後，猶太人說他願意出許多錢來贖回他的自由，但是僕人提出的價錢，讓他考慮了許久。於是僕人又不答應

了，他又讓他跳起舞來，越舞越厲害，越跳越高，猶太人哀求的聲音也越來越響。最後，猶太人無奈之下，只得把錢袋裏的一百個金幣全都交給僕人。這些錢，可是他剛從一個可憐人那裏敲詐得來的。僕人看見這麼多金錢後，說道：「這樣我是贊成的。」於是他拿了錢袋，收起了豎琴，繼續前進，心裏覺得這一場交易非常划算。

划算：值得的意思。

替自己申冤

　　這時候，猶太人跌跌撞撞地爬到矮樹叢外面來，上半身裸着，樣子十分可笑。他一直在盤算着要怎樣報仇，怎樣用詭計去坑害僕人。隨後，他走到地方官那裏，告狀說有賊人搶了他的錢，還把他毒打一頓。那賊人的背上背了一張弓，提着一個豎琴。地方官便吩咐他的手下到處去打探，如果遇着這個賊人，就把他捉回來。不久以後，那個可憐的僕人果然被捉住，送到法庭裏受審了。

　　猶太人把他告訴地方官的話又說了一遍，並且指出僕人就是那個搶他錢財的賊人。僕人說道：「搶？這是我給你彈奏豎琴，教你跳舞所得的報酬呀！」但是法官不相信僕人的話，他因為要趕

着了結這件案子，便把僕人送到絞刑架去受刑。

　　僕人被押着來到了行刑場，當他被送到絞架下面的時候，他突然説：「法官老爺，你能夠給我一個恩典嗎？」法官説：「甚麼都可以，只是不能乞命。」僕人説：「我並不想乞命，只是想求你允許我用豎琴作最後的演奏罷了！」那個猶太人一聽到這話，就大叫道：「啊唷，不！不！看在上帝的份上，千萬不要答應他！」法官説：「他不過做最後一次彈奏罷了，為甚麼不答應呢？」其實他也不能不答應，因為僕人向小老人提出的第三個願望，便是使每個人都答應他的要求，不管他們願不願意。

　　於是猶太人大叫道：「可憐可憐我！

把我綁起來，把我綁起來吧！」可是，這時候僕人已經拿起豎琴，奏出了極好聽的音樂。當奏完第一個音節的時候，法官、書記們的腿腳都開始活動，並且跳起來。當奏完第二個音節的時候，行刑的獄吏放了犯人，自己也跟着舞起來。隨着僕人的音樂越來越響，所有的人包括猶太人及前來觀看行刑的人，都一齊跳起來了。起初，大家的樣子看起來似乎很快樂，但是跳了一會兒後，豎琴要終止了，他們還在跳個不停。於是大家都叫起來，請求僕人趕快離開這裏。但是，他們哀求得越利害，僕人卻一刻也不肯停下，直到法官說赦免了僕人的罪，並且把一百個金幣全部還給他，他方才停下來。

害人之心不可有，防人之心不可無。

僕人又問那個猶太人説：「無賴！
告訴我們，你那些金幣是從哪裏得來
的？否則我又要彈奏豎琴來請你跳舞
了！」猶太人只好當着眾人的面認罪説：
「我承認那是我偷來的，而你卻是正當賺
來的！」最後，猶太人被法官判定有罪，
代替僕人上絞刑架去了。

跌跌撞撞：形容走路不穩的樣子。

和爾媽媽

大女兒見到和爾媽媽

　　從前有個寡婦，她有兩個女兒。一個生得很美麗，並且很勤儉；一個生得很醜陋又極懶惰。但是，母親卻偏愛那個醜陋而且懶惰的女兒，就因為她是她親生的。至於那個美麗的女兒，因為不是她親生的，家裏所有家務就落在她一個人身上，就像奴婢一樣。她的繼母，每天都差她坐在路旁的井邊紡麻，紡到指頭都出血了才能停下來。一天，她的指頭出血了，偶然有幾滴血滴到紡錘上。她把紡錘伸到井裏，想洗去那些鮮

血，不料紡錘卻忽然掉落井裏去了。她哭着跑回去告訴繼母，卻被繼母痛罵一頓。後來繼母又狠心對她說：「你既然把紡錘掉落井裏，你就應該自己把它撈上來。」

那姑娘回到井邊，看着深不見底的井水，不知怎麼辦才好。最後，她悲傷極了，便一頭跳進井裏去。

她跳到井裏之後，好一會兒不省人事。後來，她醒了，睜眼一看，卻發現自己置身在一個風景優美的草坪上，這裏陽光燦爛，美麗的鮮花處處開放。

她在草坪上慢慢地走着，一會兒看見了一個麵包師的烘爐，那烘爐裏擺滿了麵包。她忽然聽見那些麵包七嘴八舌地說着：「快拿我們出來，快拿我們出

來，啊唷！我們都快要變做碳渣了，我們已經烘了許久了。」於是她用取麵包的鏟把那些麵包通通取了出來。

她又向前走了一會兒，看見一棵蘋果樹，樹上結滿了蘋果。只聽見那棵樹在輕聲呼喚：「搖我呀，搖我呀，求你快搖搖我。我的蘋果都已經熟透了！」於是她搖動那棵樹，蘋果便如雨點一般從她頭上落了下來。她繼續搖着，直到沒有一個蘋果留在樹上才停下來。她把那些蘋果細心地堆成一堆，然後繼續向前走。

最後，她來到一間小屋前面，看見一個老婆婆在屋裏往外張望。由於她長着很大的牙齒，所以姑娘嚇得轉身就跑。但是，那個老婆婆在後面叫道：

「親愛的孩子，你怕甚麼呢？住在我這裏吧！如果你能夠幫我把屋裏的事情做好，我可以使你快樂啊！其實，你每天的主要工作就是把我的牀整理好。你要時常搖動它，讓牀上的羽毛飛起來，這樣外界的人們便會説這是下雪。你知道為甚麼會這樣嗎？因為我是和爾媽媽啊！」

那老婆婆説得很温柔，於是姑娘鼓了勇氣，答應替她做事。她無論做甚麼事情，都小心地依着那老婆婆的話去做。她每次用力搖那張牀的時候，羽毛飛了起來，好像是雪花在飛舞。那位老婆婆也很和藹，從來沒有對她發過脾氣，每天還做美味的燒肉和燻肉給她吃。

回來一個金女兒

就這樣，姑娘同和爾媽媽住了一段時間。可是，她漸漸地不快樂起來，她知道自己想家了。雖然她也覺得跟和爾媽媽住，比跟繼母和妹子同住要好幾千倍，但她總覺得這樣下去不是辦法。於是，她走過去對和爾媽媽說：「我很想念我的家，雖然我在這裏很快樂，但是我必須回到原來的地方去。」

和爾媽媽說：「你既然要回到原來的地方去，我就不挽留你了。這段時間你服侍得這麼周到和體貼，就讓我送你回去吧。」

她挽着那姑娘的手，走到一個大路口。路口的柵門開着，姑娘經過柵門的時候，金子像一陣雨般從她的頭上落下

來，黏滿了她的身體，她從頭到腳都是金子，成了一個金燦燦的姑娘。

和爾媽媽說：「這是你盡力做事得到的報酬。」她說着，把那姑娘從前落在井裏的紡錘還給她。

隨後柵門關了，姑娘看見自己回到了原來的世界，她就站在繼母的房子附近。當她走到天井的時候，那隻伏在井上的公鷄唱道：

「咯，咯，咯！

我們的金女兒回來了！」

醜女兒的遭遇

　　她跑進去見她的繼母和妹妹，因為她渾身都是金子，她們給了她一個熱烈的擁抱。她把自己的經歷告訴了她們，繼母聽完她的話，便想叫那個又醜又懶的女兒也去碰碰運氣。她叫親生的女兒坐到井旁紡麻，又讓她故意把手伸到荊棘叢裏刺破，這樣一來她便有了幾滴血滴在紡錘上，然後把她吊到井裏，跳了下去。

　　醜姑娘也和姐姐一樣，在一個優美的草坪上醒過來。她在草地上走着，不久便來到烘爐旁邊。那些麵包和從前一樣叫着：「拿我們出來！拿我們出來！啊唷！我們都要燒成焦碳了，我們已經烘了許久了！」但是，那個懶惰的姑

娘說：「難道我要為了你們弄髒我的手嗎？」說完便向前走去。

一會兒，她碰見那棵蘋果樹，也聽到樹在輕聲呼喚：「搖我呀，搖我呀，我求你搖搖我，我的蘋果都熟透了！」她卻回答說：「你想得美！那些蘋果會打痛我的頭！」說完又繼續向前走。

最後，她來到和爾媽媽住的那間房屋門口。她已經聽過姐姐的描述，知道那老婆婆長着大牙齒，所以她並不害怕，立刻答應了替她做事。

第一天，她很聽話，並且很勤勞地做事，極力討和爾媽媽的歡心。但是，第二天，她便開始厭倦她的工作了。到了第三天，她更懶得一動也不想動，後來索性躺在牀上不肯起來。更糟糕的

是，她沒有把和爾媽媽的牀整理好，忘記了搖它使那些羽毛飛舞起來。所以，和爾媽媽對她很不滿意，急着打發她回家。這個懶姑娘倒是很高興，心裏想着：「太好了，這麼快就可以得到一身金子！」和爾媽媽像領她姐姐一樣，領她到大路口。但是，當她滿心歡喜地走過柵門口的時候，卻落下來了一大桶黑漆，從頭到腳澆在她身上。

那老婆婆説：「這是你做事的報酬。」她説完這話，就關了柵門離去。

那個懶姑娘就這樣渾身澆着黑漆，垂頭喪氣地回到家裏。伏在井上的公鷄看見她，唱道：

「咯，咯，咯！

我們的髒女兒回來了！」

後來，她用盡所有方法都不能抹去那些黑漆，它們一輩子都要黏在她的身上了。

　　天下沒有免費的午餐。一份耕耘，一份收穫。

播種甚麼，便收穫甚麼。

勇敢的縫工

縫工與巨人的較量

縫工斯奈伯是個矮小的人。一個夏天的早晨，斯奈伯把圍裙繫在身上，戴上他的三角帽，拿了他的手杖，在屋內四周看看，看有甚麼東西可帶着一同去旅行。他找來找去，只找到一塊乳酪。知道有這個總比甚麼都沒有要好些，他便把乳酪從架上取下來，走出門去。在門口，他又看到家裏那隻老母雞，便把牠抓住，和乳酪一起放進行囊裏去了。

斯奈伯邁開大步，向前方走去。當他爬上一座高山時，看見一位巨人坐在

山頂上。巨人俯下頭來，和氣地對着他微笑。斯奈伯打招呼説：「朋友，你好呀！你安安樂樂地坐在這裏，遠望世界，倒像一位紳士。而我也打定了主意，要來這個世界碰碰運氣。」巨人俯下頭來，把鼻子湊到斯奈伯臉上説：「你真是一個可憐的、無用的小混混！」縫工説道：「或許是的。但是，你還是慢點下結論吧，看看我們兩人當中，究竟誰是最好的。」

巨人見斯奈伯竟一點也不怕他，似乎有點看得起他了。便説：「好呀！我們究竟誰比誰好，現在就可以分個高下。」於是，他拾起一塊大石頭，用力握着，把裏面的水也榨出來了。他説：「如果你想勝過我，你必須按我這樣子做

一做。」斯奈伯道：「只是這樣嗎？我立刻做給你看！」於是他把手探到行囊裏，摸了那塊乳酪出來，用手緊緊握着，直到那塊乳酪融化了，從指縫裏流出來，然後説道：「先生，你現在怎樣説呢？你榨出來的是水，我榨出了乳液，我比你做得更好吧！」那巨人沒有看到他榨的是一塊乳酪，雖然有點不敢相信縫工竟然如此大力，但也無話可説了。

接着，巨人拾起一塊石頭，用力向空中拋去，高到幾乎看不見。他又説：「矮子，你也照樣做做看！」。斯奈伯説：「好的！你這一拋，倒也不能算壞，但是你的石頭終究會掉落下來的，看看我怎樣拋一件永遠不會落下來的東西吧！」巨人道：「我敢肯定你是辦不

到的。」斯奈伯也不跟他爭辯，從囊中取出那隻老母雞來，向空中一拋，母雞得到解放，不勝歡喜，立刻拍翼飛走，轉眼間便飛得無影無蹤了。他回頭問巨人：「朋友，這次又怎麼樣呢？」巨人無言以對，只好說：「你這人真的很聰明啊！讓我們再比試一下吧，看誰最會做工。」

他把斯奈伯帶到樹林裏，林中有一棵橡樹倒在地上。巨人說：「讓我們兩人一起把它拖到樹林外面去吧。」斯奈伯回答說：「 好極了，你抬樹幹，我扛它的頭部和枝葉部分！」巨人一看樹的頭部和枝葉部分特別大，似乎遠遠超過了樹幹的部分，就答應了。巨人把樹幹扛到肩上，呼哧呼哧地朝前走去。那聰

明的小縫工一片樹葉也不拿，卻一下子跳到樹枝上很舒服地坐着。其實，整棵樹的重量全都扛在巨人的肩上，而他竟然渾然不覺。斯奈伯一路上作出很快樂的樣子，又唱又叫，似乎扛着這棵樹就是一場很快樂的遊戲。巨人扛着樹走了很遠，覺得實在走不動了，便說：「我要把樹放下來了！」斯奈伯馬上從樹枝上跳下來，握着樹枝，裝成抬樹的樣子，笑着說：「像你這麼大的一個人，卻不能抬起這樣一棵輕飄飄的樹，好不丟人呀！」

隨後他們繼續向前走去，來到一棵很高的櫻桃樹下。巨人把最高的一條樹枝攀下來，採摘成熟的果子吃。他採完了，便把這樹枝交給斯奈伯，好讓他也

吃得着。但是斯奈伯力氣太小了，竟攀不住那條樹枝，被樹枝向上一彈，把他吊在半空中，像個稻草人一樣。巨人見了，擔心地問道：「喂，你現在怎麼樣了？你攀不住那條樹枝嗎？」斯奈伯道：「自然是攀得住的。只是，你不曾看見那個獵人搭着箭向我們站着的地方射來嗎？我不過是向上一跳來迴避他射出的箭罷了，你也跳上來吧！」巨人也想跟着他跳到樹上，但是，這棵樹實在太高了，他哪裏跳得上去。結果，他的身體落在密密麻麻的樹枝裏，被緊緊地夾住了。斯奈伯看到他狼狽的樣子，不禁笑了起來。於是巨人說：「你果然是一個很靈活的人物，今天晚上，你到我屋裏來吧，和我一起睡，跟我做朋友。我還

會為你準備熱騰騰的宵夜，還有溫暖的牀啊！」

斯奈伯聽到有這樣的好事，當然求之不得，便接受了他的邀請。巨人果然為他準備了一頓豐美的晚飯，又鋪好了一張軟牀讓他休息。但是，這個聰明的縫工，並沒有好好地躺在牀上，而是倦伏在屋裏的一角睡着。半夜裏，巨人拿着鐵手杖，躡手躡腳地走到斯奈伯的牀前，狠狠地打了幾下，然後自言自語地說：「這個蚱蜢該停止蹦�了，我以後再也不會中他的詭計呢！」

第二天早晨，巨人像平日一樣到樹林裏去，早把斯奈伯忘記了。可是，斯奈伯忽然吹着口哨走在他前面，巨人大驚失色，立刻轉身跑走了。

躡手躡腳：形容放輕腳步走的樣子，也形容偷偷摸

摸、鬼鬼祟祟的樣子。

蹦躂：跳躍、奔走的意思。也經常用來比喻掙扎。

殺死兩個巨人

斯奈伯繼續向前方走去，漂蕩了幾日後，來到了王宮。他向國王描述他的那些壯舉，提出要為國王服務。國王有意試驗他的本領，便告訴他在離王宮不遠的一個地方，住着兩個巨人，經常出來搶掠殘殺，弄得全國人民都擔驚受怕。如果他真是一個英雄好漢，國王願意交給他一百個兵士，由他帶着去征伐那兩個巨人。要是斯奈伯把巨人們打敗，這個國家的土地可以割讓一半給他。斯奈伯回答說：「這個提議我很願意接受。至於那一百個士兵，就大可不必，讓我獨自前去好了。」

可是，國王堅持讓他帶着一百個士兵同去。當他們一羣人走到接近那個地

方的一座樹林時，斯奈伯對士兵們道：
「朋友們，請你們在這裏等着，讓我先去探探兩個巨人正在做些甚麼。」

　　斯奈伯隻身走進樹林，用他的一雙小眼睛，這裏瞅一瞅，那裏望一望。終於，他看到兩個巨人正一起躺在一棵大樹下睡覺，鼾聲如雷，樹上的葉子也給他們噓出來的氣吹得嗚嗚作響。斯奈伯暗自想道：「這個賭局不難贏呀！」於是，他裝滿了一袋石子，向大樹上爬去。他爬到樹上坐好後，接連把石子打在離他較近的一個巨人身上，直到把巨人打醒。巨人醒了後，怒沖沖地推醒他的同伴，叫道：「你為甚麼打我呢？」他的同伴說：「瞎說！你在做夢吧！我何曾打過你呢？」於是他們又躺下來睡覺，很

快就睡着了。不久，斯奈伯又用石子扔向第二個巨人，正中他的鼻子。第二個巨人跳起來，大叫道：「你在幹甚麼？你打我嗎？」那個巨人一臉困倦地說：「我沒有打你啊！」他們爭辯了一會，爭不出一個所以然，因為兩人太疲倦了，又再次躺下來，昏昏然睡去。

可是，斯奈伯這次把最大的一塊石頭用力向第一個巨人投去，打中了他的眼睛。第一個巨人發狂似的叫了起來：「你這個壞人，我再也忍不住了！」於是他用力地打了第二個巨人一拳。那個巨人自然不甘心，馬上向第一個巨人的耳朵回敬了一拳。就這樣血戰開始了，他們兩人把周圍的樹連根拔起來當作兵器，又用大石頭互相砸對方，激烈地打

　　任何人和事都有自身的優缺點，我們只要正視缺點，發揮優點，就能在遇到問題時，輕易地找到解決的方法。

鬥起來。到了最後，兩個巨人都被對方打死了。斯奈伯想道：「他們沒有拔掉我待着的這棵樹，真是我的運氣啊！否則，我很可能會在這場混戰中受傷呢！」

斯奈伯爬下樹來，用劍在兩個巨人的胸口上各刺了兩、三道致命的傷痕，然後走出樹林去見那班士兵，説道：「那兩個巨人已經被我殺死了，正躺在樹林裏呢！打敗他們可真費了不小周折啊！因為他們為了對抗我，竟然連大樹也拔起來當兵器呢。」士兵們驚歎不已，問他道：「你受傷了嗎？」斯奈伯驕傲地説：「受傷麼！我倒很願意受，可是他們連我的頭髮也不曾碰着啊！」士兵們走到林中一看，果然看到兩個巨人正躺在他們自己的血泊當中，周圍的樹木也被連根拔起了不少。

活捉獨角馬

斯奈伯雖然輕易就把兩個巨人除掉，這時國王卻食言了，不肯將半個王國割讓給他，還說道：「你的事還沒有做完呢！附近的樹林裏還有一隻獨角馬，非常兇惡，闖了許多禍。你若能將牠活捉過來，我還會將女兒嫁給你。」

斯奈伯說：「兩個巨人尚且被我殺了，這一隻獨角馬又有甚麼可怕呢？」於是他帶了一把斧頭和一條繩子，向獨角馬出沒的樹林裏去了。

走到樹林邊，斯奈伯再次叫跟隨的人在外面等他，然後獨個兒走進樹林裏。獨角馬一看見斯奈伯，便向他衝來。幸好他躲得快，不然真的可能被他戳穿身體。

斯奈伯叫道：「不要忙，不要忙，稍稍斯文一點好嗎？」他一面說，一面貼近一棵樹站住，等到獨角獸撲過來時，很輕巧地躲到樹背後面。獨角馬收不住腳，一頭撞向樹身，牠的角嵌進樹裏。因為實在撞得太猛了，獨角馬怎麼也拔不出來，只好乖乖地束手就擒。

斯奈伯得意地說：「這真是沒甚麼難度啊！」他用繩子緊緊地綁住獨角馬的頸，又把牠的角砍斷，然後牽着奄奄一息的獨角馬來到國王面前。這一次，國王知道不能再抵賴了，便依照約定把女兒嫁給他，又分了半個王國給他。從此以後，這個本來不怎麼起眼的小人物，成為了一個家傳戶曉的傳奇人物。

奄奄一息：奄奄：氣息微弱的樣子；息：呼吸時進出
　　　　　的氣。意指只剩下微弱的一口氣。

家傳戶曉：指家家都清楚，戶戶都知道。形容人人皆
　　　　　知。

字詞測試站I

下面三個詞的意思很相近，你能分辨出來嗎？試試看。

活蹦亂跳　　蹦躂　　蹦蹦跳跳

1. 我在市場上買到這條鯉魚時，牠還是 ＿＿＿＿＿ 的。

2. 小明是一個活潑的 ＿＿＿＿＿ 的男孩。

3. 下星期媽媽去旅行後，你在家裏就可以 ＿＿＿＿＿ 了。

4. 敗局已定，你怎麼 ＿＿＿＿＿ 也不管用。

5. 孩子們 ＿＿＿＿＿ 地進了教室。

生命水

兩個哥哥的尋水之旅

很久以前，有一個國王，他有三個兒子。有一回，國王病危，眾人都以為他治不好了。他的三個兒子，看到父親這樣，十分難過。他們三個王子在園中一邊發愁，一邊散步的時候，遇見了一個小老人。小老人問他們為甚麼這麼憂愁，他們回答說父親病重，恐怕沒有方法可以挽救他。小老人說：「你們要救活他也不難啊，只要有生命水就可以。他喝一口生命水肯定會好起來。不過，這水是很難找得到的。」大王子說：「待

我去找吧！」他來到父親面前，請求他允許自己去找生命水。父親說：「不，我寧願死也不願意你冒這樣的危險！」可是，大王子一直懇求着，國王最後也就答應了。這時，大王子心裏想：「如果我能把生命水帶回來，父親的王位肯定會讓給我的！」

不久，大王子騎馬上路了。他走了一些日子，來到一個樹木叢生的深谷。他四周一看，只見一塊岩石上站着一個侏儒，他頭戴尖帽，身穿紅袍。那侏儒叫喚着他：「王子呀，為甚麼跑得這麼快呢？」大王子笑道：「你這醜怪的小妖精，這跟你有關係嗎？」說完，便拍馬離開了。

這侏儒惱恨他沒有禮貌，便詛咒他

跑不出這條山谷。果然，大王子在山中跑呀跑，發覺路越來越窄，後面簡直窄得一步也不能走。他正想把馬兜轉過來往回跑，卻聽到周圍傳來一陣大笑聲，然後背後的路就合攏一起，把他圍困在當中。他想下馬徒步走出山谷，可是這時笑聲又起了，他感到一步也走不了，使他不得不屈服於咒語之下。

當國王日夜渴望着他的大兒子回來的時候，他的第二個兒子又來見他了。二王子說：「父親，讓我去尋找那生命水吧！」他心中是這樣想的：「哥哥一定是死了，如果我找到這水，這王位一定是我的。」國王起初不肯讓他去，後來經不住他苦苦請求，就同意了。於是，二王子循着哥哥走過的路徑，也在山谷

那裏遇着那個侏儒。侏儒同樣地叫他停下來，二王子也跟大王子一樣罵道：「多事的人呀，你管好你自己的事吧！」說着，縱馬走了。

侏儒也惱他沒禮貌，把咒語加到他的身上，因此他也被困在山谷中。可見凡是傲慢無禮、自以為是的人，都要為自己的愚蠢付出代價。

自以為是：總以為自己是對的，不肯接受他人的意見。

小王子找到了「生命水」

二王子去了許久，也不見回來，於是小王子提出自己也要去尋找生命水，並且表示自己有把握在不久之後就能把生命水找回來，治好父親的病。小王子沿着兩個哥哥走過的路向前行，在同一個地點，遇見了那個侏儒。侏儒說道：「王子，你跑得這樣快，要到甚麼地方去呢？」小王子回答道：「我是去找生命水的，因為我的父親病重得快要死了，你能助我一臂之力嗎？如果你能幫助我，我會非常感激，日後一定會好好報答你！」

侏儒問道：「你知道去甚麼地方找生命水嗎？」小王子說：「不知道呀，如果你知道，請告訴我吧！」侏儒說：

「你是一個有禮貌的孩子，並且肯求人幫助。現在我就告訴你這水在哪裏，又怎樣取得吧！其實，生命水出在一個魔堡王國的井裏，你自然不能那麼容易就取到它。等會我給你一根鐵杖，兩個小麵包。你用鐵杖把城堡外的鐵門敲三下，這門就會自動開啓，門內伏着兩隻在等候食物的獅子，這時候你把那兩塊麵包拋給牠們，牠們便會放你過去。趁城上的大鐘還沒有敲響十二下時，到井邊舀些水就走。如果你逗留得太久，門便會闔起來，把你永遠關在裏面。」

　　小王子向侏儒道了謝，接過鐵杖和麵包，就向前趕路。他經過了大海和陸地，直至趕到目的地，一切所見所聞，都跟那侏儒講的一樣。他用鐵杖把鐵門

敲了三下，堡門便自動打開了。他又將兩塊麵包投給兩隻獅子，然後一直向堡內走去。最後，他來到一個極華美的大廳，廳的四周有幾個勇士呆呆地坐着。他就把他們的戒指脫下來，戴到自己的手指上。在另一個房間裏，他看見桌上有一把刀和一塊麵包，他同樣取去帶在身上。

後來，他路過一個房間，裏面的牀上坐着一個美麗的女子。她看到小王子後，十分高興地跟他打招呼。原來她是這個魔堡王國的公主，她告訴小王子，如果他能解除她身上的魔咒，並且在一年後回來娶她，這個王國便是他的了。接着，她又告訴小王子那口可以湧出生命水的井是在花園裏，並吩咐他務必在

大鐘未響十二下之前，把生命水取出來並立刻離開城堡。

　　小王子得到公主的提示，向前行走，經過幾個美麗的花園後，果然看到了那口井。井的旁邊有一個樹陰遮蔽的地方，下面有一張小牀。小王子實在太困倦了，便想躺在牀上休息一會，同時欣賞一下這處的風景。可是，當他一躺在牀上，眼皮就不聽使喚地合上，他立刻沉入很深的夢鄉。一直睡到十一點三刻的鐘聲響起，他才恍然驚醒。他見時間逼切，就飛奔到井邊，用放在井邊的杯，滿滿地舀了一杯生命水，然後連忙向堡外奔去。他剛剛跑出堡門，大鐘便響起十二下，那扇門便倏地關了起來。因為關得如此快，他的靴跟上的皮都被

夾去了一塊。

倏地：指極快地，一眨眼就過去。

　　站在正義的一方，必會得到多數人的支持和幫助；違背正義的，必會陷於孤立。

小王子被陷害

　　小王子慶幸自己平安地趕到堡外，又得到了生命水，簡直是滿心歡喜。他沿着原路趕回去，又遇見了那位侏儒。侏儒看見他帶着那把刀和麵包，便對他說：「你得到一些極高貴的獎品啊！這把刀可以殺盡你的敵人，這塊麵包也有無數用處。」王子這時想知道自己兩個哥哥的下落，於是他問侏儒道：「我親愛的朋友，我的兩位哥哥也曾出來尋找生命水，他們去了許久也不見回來，你能告訴我他們在甚麼地方嗎？」侏儒回答說：「因為他們性情驕傲，行為囂張，不肯虛心求人的緣故，被我施法困在山谷裏了。」小王子極力懇求侏儒放了他們，侏儒雖然很不情願，最終還是放了

他們，說道：「我現在答應你的要求，放了他們。但是你要小心他們，要知道他們的心腸是很壞的。」

小王子見到了兩位哥哥，萬分歡喜，把他所遭遇的事情，包括怎樣尋到一杯生命水，怎樣破去公主身上的魔咒，公主怎樣要求他在一年之後回去娶她，並把整個王國給他等等，都一五一十地對兩位哥哥說了。

隨後，他們三個王子一起騎着馬趕回自己的王國。路上，他們經過一個王國，此時正面臨着大戰之後的饑荒，所有人都會隨時餓死。善良的小王子把他手上的那塊麵包借給國王，這塊麵包神奇地吃之不盡，竟然讓全國的百姓都吃飽了。他又將那把刀借給國王，使國王

把敵國的士兵通通殺盡，使國家回復太平。後來，他們三人又經過了兩個國家，小王子也同樣慷慨地幫助了他們。

回程的最後一段路需要乘船。當船在大海中行駛的時候，兩個哥哥一起商議道：「弟弟得到了我們取不到的生命水，父親一定會偏愛他，把我們應得的王位傳給他。」他們又忌又恨，便想出一個辦法去陷害他。原來，他們等弟弟睡熟了，將他杯中的生命水換成海水，而真的生命水被他們裝到自己的瓶子裏。

他們三個王子終於趕回王宮了，小王子趕忙把那杯生命水交給父親。可是，父親喝過水後，病情不但沒有好轉，反而加重起來。正當小王子百思不解的時候，他的兩個哥哥走進來，罵他想要

毒死自己的父親，並說他們找到了真正的生命水。國王飲了兩個哥哥拿出來的水後，病果然好了，身體也變得跟少年時候一般強壯。兩個哥哥走到小王子面前，嘲笑他道：「哈哈！兄弟，你找到生命水又怎樣了？你現在要受罪，而我們卻得到好處。明年這個時候，我們兩人當中，會有一個迎娶那位美麗的公主，你就等着叫她嫂子吧！」他們還警告小王子說：「你最好不要把這事告訴父親，他是不會相信你的。如果你說了，小心你的性命啊！只要你甚麼都不說，我們倒可以放過你的！」

　　國王病好後，一直在生小王子的氣。他以為小王子真的要謀害自己，於是把大臣們叫過來，問他們該怎樣處置

他。大臣們經過討論後，一致認為該把小王子處死。這時候，小王子還不知道這件事。有一天，一個官員跟隨小王子外出打獵。當在樹林裏只有他們兩人時，小王子看到這官員一臉愁容，便問他道：「朋友，你在愁甚麼呢？」官員説：「我不敢説啊！」小王子有點生氣了，説道：「你説吧，不要怕我發怒，我寬恕你就是了！」官員想了一會，帶着同情的目光對小王子説：「唉，國王命令我趁你不注意時把你射死啊！」小王子聽了這話，吃了一驚，説道：「求你放過我吧！讓我改穿你的衣服，你拿着我的外套回覆國王吧。」官員道：「好吧，我很樂意幫助你，因為我實在不忍心射殺你啊！」於是，他拿了王子的外

套，把他的衣服給小王子穿上逃命去了。

囂張：指態度傲慢，不把別人放在眼裏。

一五一十：五、十：計數單位。五個十個地將數目點

清。比喻從頭到尾，源源本本，沒有遺漏

地說出來。

真相大白

過了一段時間，有三位大臣來到國王的宮中，隨身帶了許多金銀珠寶，說要送給最小的王子。這三位就是先前受小王子恩惠的那三個國王派來的。老國王此時才知道了事情的真相，想起他的小兒子無罪，很是悲傷，對朝中的大臣道：「呀，我的小兒子要是還活着就好了！我殺錯他了，多麼悲痛啊！」那名陪同小王子打獵的官員此時跨前一步回答說：「小王子還活着呢，我可憐他，把他放了。」國王聽後欣喜若狂，便在全國貼出告示，說如果他的小兒子回來，一定赦他無罪。

在魔堡那邊，公主還一直等候小王子歸來，她築了一條金閃閃的路，一

直引到她的宮門口。她又對自己的臣民講，凡是騎着馬，一直走到宮裏來的，便是她真正的情人，可讓他進來。但是，如果在路的一邊走的，這人便不是她真正的愛人，應該立刻打發他回去。

一年的時間將要到了，大王子一心想趕快跑到公主那裏，説自己就是解放她的人，要娶她做妻子，並要做這個國家的國王。當他走近宮門時，看見那條金光閃閃的路，心裏想道：「在這條華貴的路上跑馬，未免可惜。」於是把馬勒向右邊，在路的右邊走着。但是，他走到宮門口時，守衛的士兵見他從路邊走來，不相信他是真正的情人，便打發他回去了。

第二個王子，也抱着那個目的出

發。當他走到那條金路，他的馬剛把一隻腳踏到上面時，他便把馬勒住。他覺得這條路太華麗了，對自己說：「如果在這條路上留下甚麼痕跡，多麼可惜呀！」於是他把馬勒到左面向前跑去。但是，當他來到宮門口時，衛兵說他並不是那個真正的情人，又打發他回去了。

第三個王子也急急忙忙地趕來尋找他的未婚妻。他一邊趕路，一邊思念着她。因為跑得如此快，他竟然沒有注意到所踏着的路是用甚麼做的，只是拍着他的馬，一直向前跑去。當他來到宮門口時，宮門大開，公主喜悅地迎接他，說他才是她所等待的人。從現在開始，他就是她的丈夫，也是這個國家的國王。

當戀人之間重逢的喜悅過後，公主

告訴小王子，她已聽說他的父親赦了他的罪，並且希望他回家。於是，在他們未舉行婚禮之前，他們一同回去見國王。小王子把事情經過及兩個哥哥陷害他的事通通說了，老國王聽後非常憤怒，要懲罰他的兩個兒子。可是，他們兩人早已聞風逃走了，他們坐在一艘船上向遠方駛去，沒有人知道他們去了甚麼地方。

字詞測試站2

　　漢語裏，有很多像「一五一十」一樣由數字組成的詞語。

　　下面每個四字詞都包含兩個數字，你能認出來嗎？試試看。

1. □分為□　　□清□楚
2. □□兩兩　　□分□裂
4. □光□色　　□零□落
5. □牛□毛　　□拿□穩

白蛇

偷吃蛇肉

從前有一位國王，他的聰明全國皆知。沒有一樣東西是他所不認識的，他似乎具有一種智慧，能認識最奇特的事物。他有一個特別的習慣：每天吃過晚飯，客人都離開了，一個年輕僕人捧着一個碟子進來。這碟子是蓋着的，就連捧碟子的人也不知道裏面盛着甚麼，其他人就更不知道了。因為國王從來不當着別人的面掀去碟子的蓋，每次都是他獨自一個人的時候，才安心地吃碟子裏面的東西。

這樣的情況持續了很久。一天，那捧碟子的年輕人終於克制不住自己的好奇心，想看看這碟子裏究竟盛着甚麼。於是在國王吃完碟裏的東西，蓋上蓋子交給他保管的時候，他把碟子拿到了另一個房裏去，關好門窗，然後揭開碟子上的蓋，只見一條白蛇蜷伏在碟子上。他有點困惑，不過也想嚐嚐這白蛇的滋味，於是割了一小塊蛇肉放到嘴裏。

蛇肉一碰到他的舌頭，他忽然覺得自己腦袋裏的一扇門打開了。他聽見很多千奇百怪的聲音，窗外附近的地方傳來一陣竊竊私語，特別清晰。於是他走到窗口仔細靜聽，知道那聲音原來是樹上的燕子在談論着白天發生在樹林和田野裏的事情。現在他才明白，原來吃了

蛇肉後有了能聽懂各種動物語言的能力。

恰巧那一天，王后失去一隻她最心愛的戒指。這個年輕人受到懷疑，因為他是為數不多的幾個可在宮內各處自由出入的人。國王把他叫來，要他在明天早晨之前交出那枚戒指，或是交出偷戒指的人，否則便要把他處死。他極力辯白，卻無濟於事，最終他被國王趕了出來。

在困苦交迫中，他走到天井裏看見有幾隻鴨在溪水中遊戲，用嘴剔着牠們身上的羽毛，安閒地在那裏聊天。年輕人便站着想聽聽牠們聊甚麼。只聽得一隻説牠走了多少路，尋到多少好吃的東西；另一隻説牠的胸口很不舒服，因為牠在王后窗下吃果子時匆忙中誤吞了一

善有善報，惡有惡報。做了善事就會行好運。

隻戒指。年輕人立刻捉住那隻鴨，帶牠到廚房裏，對廚子說：「把這隻鴨殺了，牠很肥呢！」廚子把鴨接過來，把牠宰了。年輕人在牠的腹中搜索了一番，果然發現了王后所丟失的戒指。

現在，年輕人可以證明自己無罪了，國王因為之前冤枉了他，特意補償他所受的委屈，承諾給他想要的任何東西和官職。但是，年輕人甚麼都不要，他只要求給他一匹馬和一些旅費，因為他決意出去旅行，長長見識。國王答應了他的要求，他便動身出發了。

救助魚兒、螞蟻和小鴉

　　一天，年輕人來到一座池塘，看見有三條魚卡在一個水管中，牠們很想回到水中，卻動彈不了。雖然魚沒有發出聲音，但年輕人卻聽懂了牠們的心聲，知道牠們因為快要乾死，在那裏哀呼着「救命！」。年輕人便把牠們從管中撈了出來，投到水裏。牠們快活地跳躍着，把頭伸出水面，感激地說：「你救了我們，我們是不會忘記你的大恩大德的。」

　　他又接着向前走，走了一會兒，他似乎聽見腳下的沙裏有一個聲音。他定神一聽，聽出來是蟻王在那裏埋怨：「我真希望人們和他們的牲畜不要踐踏到我們的身上來，這匹馬用牠沉重的腳，踏死了我多少的百姓啊！牠真是一點憐惜

之心都沒有。」年輕人趕忙把自己的馬拉到一邊去，蟻王於是説：「上面的這位好人，我們都感謝你，將來一定會報恩的！」

他又走過一條小路，進入一個樹林。他看見一對烏鴉站在巢上，把牠們的幾個幼子投到巢外，高聲説：「出去吧！我們不能再使你們滿意了。要知道你們已經長大，該自己去找東西吃了。」那幾隻幼鴉躺在地上，拍着牠們的翅膀，哀叫着：「看啊！我們是多麼孤苦伶仃呀！我們還不會飛，便要自己去找東西吃，看來只好等死了！」年輕人的慈悲心給牠們激發了出來。他跳下馬來，用短刀刺死自己那匹馬，招呼幾隻小鴉過來吃。那些小鴉跳到死馬旁邊，

美美地吃了一頓馬肉，吃飽了以後說：
「太感謝你了！將來我們一定會報你的
恩。」

孤苦伶仃：指孤單困苦，沒有依靠。

魚兒報恩

　　這時候年輕人只好徒步前進了。他走了很長的路，最終走到一個城市，只聽見街上人聲嘈雜，熱鬧非凡。一個官員模樣的人坐在馬上，舉着一位女子的大幅畫像，對大家說道：「這是國王的女兒，現在要選丈夫。只是，願意應徵的必須先為國王做一件事情。如果這件事做不成功，便要判處死刑，成功了才能抱得美人歸，所以請各位應徵者考慮清楚。」因為公主實在太美麗了，所以即使條件苛刻，還是吸引了眾多應徵者，但是許多人因此白白送了性命。年輕人因太過醉心於公主的美麗，忘記了一切危險，他逕自走到國王那裏應徵了。

　　於是，宮裏的人把年輕人帶到海

邊，然後把一隻戒指遠遠地投入到海裏。國王命令他到海裏把這隻戒指撈上來，並且對他説：「如果你撈不着，必須反覆到水底尋找，直到你找到戒指，或者在水裏自行了斷性命為止。」圍觀的人都在想：「又一個傻瓜要送命了，真是可惜啊！」

年輕人呆呆地站在海邊，心中琢磨着該從哪裏着手去撈。此時他忽然看見三條魚向他游來，仔細一看，竟然就是他先前救過的那三條魚。當中的一條魚的口裏含着一個蛤蜊，跳起來放到年輕人的腳下。年輕人撿起蛤蜊，打開一看，裏面正是那隻他們投到海裏的金戒指。他高興得不得了，便拿去交給國王，希望國王可以馬上讓他領取自己的報酬。

抱得美人歸

　　然而，傲慢的公主卻認為他配不上自己高貴的身份，有點不情願，要他必須完成第二件事情再說。她走到花園裏親手把十袋小麥撒在草地上，說道：「明天天亮以前，你要把這些小麥重新裝回到袋裏，一粒也不能少。否則就受死吧！」年輕人坐在花園裏開動腦筋，卻根本想不出一個辦法來，他雖然十分焦急，卻只能聽天由命。

　　可是，第二天天一亮，年輕人卻發現身邊的十個袋裏都裝滿了小麥，草地上一顆小麥都沒有。原來，昨晚蟻王帶着牠無數的臣民，替他努力地把小麥運回袋裏去了！公主按時來到花園裏等着看年輕人的笑話，卻見一夜工夫他便把

小麥都盡數裝好了。公主很吃驚，心裏想：「年輕人果然替我做妥了兩件事。但是，我還是不能這麼快就答應嫁給他，除非他幫我找到一個生命樹上的金蘋果。」

公主把要求對年輕人說了，年輕人也不知這種樹生在哪裏，於是他暫別了公主，邁開腳步，馬不停蹄地去尋找了。可是，他一連找了三個國家，一點着落也沒有。後來他走進一個森林裏，坐在一棵樹下準備休息一下，忽然聽到上面的枝葉「呼啦」一聲，一個金色的蘋果不偏不倚的正好落到他的手中，同時飛下來了三隻烏鴉，伏在他的膝上，對他說道：「我們就是你先前救的那三隻烏鴉。現在我們長大了，聽說你要尋覓生命樹

上的蘋果，所以我們飛過大海，飛到地平線的盡頭，終於尋着那棵生命樹，並把上面的蘋果帶回來送給你了！」

少年滿心歡喜，趕忙快馬加鞭地回到公主身邊，把蘋果交給了她。這次公主不再推託，爽爽快快地嫁給了年輕人。他們分吃了那隻蘋果，此後一起生活，過着神仙一般的快樂日子。

字詞測試站參考答案

字詞測試站 1

1. 我在市場上買到這條鯉魚時，牠還是活蹦亂跳的。
2. 小明是一個活潑的蹦蹦跳跳的男孩。
3. 下星期媽媽去旅行後，你在家裏就可以活蹦亂跳了。
4. 敗局已定，你怎麼蹦躂也不管用。
5. 孩子們蹦蹦跳跳地進了教室。

字詞測試站 2

1. 一分為二　　一清二楚
2. 三三兩兩　　四分五裂
3. 四通八達　　五顏六色
4. 五光十色　　七零八落
5. 九牛一毛　　十拿九穩